篠原梵の百句

岡田一実

実存と思想

ふらんす堂

目次

はじめに

●篠原梵は、当時流行した「連作俳句」という手法を批判しつつ、自らは「テーマ詠」という方法を多く採った。鑑賞文において文章の巻末に「　　」で括りテーマ詠を記した。なお、句集『皿』のテーマ詠には句の数が梵により記されているが、句集『雨』のテーマ詠には記されていない。よって原本通りとした。

●文学作品において「作者」と作品中の「行為主体」は必ずしも一致しない。「作者」と「行為主体」が同一視されることが、鑑賞の上で妨げになり得る。よって、本文では「作中主体」という語を用いた。「一句のなかの主人公」と読み替えて差し支えない。

●いわゆる「差別語」が用いられている句があるが、差別的意識をもって使用されていないことが明らかなので、原本通りとした。

篠原梵の百句

小春日に吾子の睫毛の影頬に

『皿』

1

第一句集『皿』（一九四一年刊）は、所謂「吾子俳句」のテーマ詠から始まる。〈みどり児に見せつつ薔薇の垣を過ぐ〉〈汗ばみし手のひらの音畳這ふ〉〈昼寝より頬冴えざえと紅く覚めぬ〉〈朝餉待つ胡坐に吾子とぬくみ育てつ〉〈オーバーに出際に抱きし吾子の毳《けば》〉〈着物焙る間を父われの臥処《ふしど》にあり〉など秀句が揃う。掲句では、柔らかな子どもの肌に細やかで濃い睫毛の影が差しているのが美しい。潤いのある愛情をわずかに感じさせる描き方でありながら、不思議な生き物との不思議な出会いにおける往還をテーマ化しており、新鮮な読み味である。

「子　四七句」。

ドアにわれ青葉と映り廻りけり

『皿』

2

硝子張りの回転ドアを通る状景であろう。硝子が鏡のようになり、自分の像と茂りの色濃き青葉が一緒に映る。そして、それが廻る。

「廻しけり」ではなく〈廻りけり〉とした措辞が、作中主体である〈われ〉の主体性を差し引いた表現になっている。ドライな眼差しと共に、コントロールの及ばないまま〈われ〉が連れていかれるような、仄かな不穏さも読者に感じさせる。都会的でモダンな表現である。「丸ノ内界隈　二五句」。

腕の腹汗ばみゐるにこだはり書く

『皿』

3

〈こだはり書く〉のは梵の俳句の特徴である。対象を繊細に、執拗に、具体的に描くことと、下五が字余りになる句の比率が大きいのには関係があるように思われる。掲句、接続助詞「に」は逆接条件を表す。〈腕の腹〉という措辞は、特殊な身体感覚を言語化する上で絞り出した表現である。それが机や紙などと触れ合ってベトベトする。その不快さにもかかわらず、執着して書いてしまうのである。「丸ノ内界隈　二五句」。

扇風機のまはる翳りの部屋ぢゅうに

『皿』

4

梵の「扇風機」の句で人口に膾炙したものは〈扇風機止り醜き機械となれり〉であろうが、〈醜き〉は主観的で美醜判断的な色が強い。「扇風機」は梵の好んだ題材の一つであり、リアリティの高い秀句が数多くある。〈扇風機の音正しくそれてゆきねむし〉〈扇風機外れるやいなや暑さよどむ〉〈扇風機ほてりの渦をつくるのみ〉。掲句では、「扇風機」の羽根のつくる〈翳り〉を鋭敏に捉え〈部屋ぢゆうに〉と立体的に描いている。「丸ノ内界隈　二五句」。

顔の高さまで部屋の中ぬくもりぬ

『皿』

5

熱気は軽く、冷気は重い。暖房器具を点けると、上の方から次第に暖まってくる。いま、その温もりが顔の高さまで来た。しかし、首から下は依然として寒く、特に足下は冷え冷えとしていよう。

暖房機が温める空気の熱の、高いところと低いところの違いを、身体が感知することは、多くの人が経験する。だが、誰も描こうと思わなかった。そうした機会の不思議を、科学的な知識を加えながら鋭敏に感知し、〈顔の高さまで〉と具体的に描いている。「丸ノ内界隈　二五句」。

灯ともせば闇はただよふ寒さとなれり

『皿』

6

凍てつく闇。そこに灯火を点ける。闇は一瞬で退き、辺りを寒さがただ広々と漂う。

〈闇〉そのものが〈ただよふ寒さ〉というものに転じたとの把握が詩的であり、若干の抽象性を引き入れたことで本質を得た。下五の字余りに息を詰めるような切迫感が宿る。

下五の字余りは梵の特徴の一つ。定型を柔軟に捉えていて、表現を切り詰めたり、ゆるゆるとつないだりしながら、独特の韻律を創造している。「アパートの冬　三四句」。

灯さむしコード斜めに頭《づ》ほとりに　『皿』

7

置き型読書灯であろうか。小さな灯が却ってそのほかの闇を際立たせる。

　頭の辺りでコードが斜めに延びているのだが、〈斜めに〉は非-メッセージ的といえよう。その情報に重い文学的な意義はなく、無意味な分、不可思議な印象を与える。

　慣れ親しんだ日常の事物を奇異で非日常なものに描く方法を「異化」という。梵の作品にはその方法を取り入れたものが多い。〈頭《づ》ほとり〉も造語に近い表現であり、異化を深める働きをしている。「アパートの冬　三四句」。

灯に読むにうしろさむざむ影の立つ

『皿』

梵は熱心な読書家であった。愛媛県立松山中学校時代、夏目漱石の作品に出会い、濫読の日々が始まったという。よって、読むことをテーマとした句も多く秀句も多い。〈爪先の冷えてねむれず読み継ぎぬ〉〈頭のみ日かげに入れて本を読む〉〈読みさして手をぬくめては寝つつ読む〉など。

掲句は自画像であろうか。第三者的な視点から本を読む人の後ろの影を捉えている。壁などにかかる影を〈立つ〉と把握する点が鋭い。「アパートの冬　三四句」。

すれちがふ汽車の窓透き雪山あり

『皿』

9

外から見ている場合は、手前の汽車の窓硝子二枚と、すれ違っている奥の汽車の窓硝子二枚の計四枚、汽車に乗っている場合は、計三枚の窓硝子が透け、その向こうに雪山が見える。汽車同士がすれ違う一瞬の状景を逃さないで一句にした。

作中主体が見るという偶然と、透く窓が重なる偶然。寸刻目についた白々と光る雪山であるが、じきに他の状景と取り変わってしまうかもしれない。邂逅の本質を描いている。「新潟まで　九句」。

網棚のスキーたばこにけぶりし灯に

『皿』

10

電車の中での喫煙が許されていた時代。紫煙がもうもうと電車の天井に溜まる。それにより、車内灯はぼんやりとした明るさとなる。その曖昧な灯に網棚に横たわる長いスキー板が照らされる。倦怠感を帯びたモノ、その存在の不思議さが描かれている。

〈けぶりし灯に〉に続く用言が省略されていて、その余白に読者が乗り出して読める文体となっている。「スキー地まで　九句」。

車窓なる闇に額を当て冷やす　『皿』

11

夜であろうか、あるいはトンネルの中かもしれない。硝子のひんやりと硬い感触に体温を持った額を当てる。額の奥には思考する脳が宿り、感情も思考も冷えて醒めてくる。窓の闇には額を当てる己の姿が映り見える。

結社「石楠」の主宰・臼田亞浪は季題がなくとも季感があればそれでよしとしていた。掲句は「スキー地まで九句」のテーマ詠の中にある。梵が亞浪の弟子であることを鑑み、〈冷やす〉は仲秋の季題「冷やか」とは関係なく、「冬の季感」と見なすのが妥当であろう。

雪眼鏡空のむらさき周りより

『皿』

12

「ゲレンデにて　二句」と前書があるうちの一句。スキー用の雪眼鏡は、サングラスになっていることが多い。光を遮りきらない部分が雪眼鏡の周囲にあったのであろう。光がただ入り込んだという把握から一歩おし進めて、朝空、または夕空の紫色そのものが入り込んだとすることで詩的な飛躍となった。

句集『皿』は精緻な視覚性が評価されたが、梵自身は「作者の五感の出来、不出来に立ち入つて分類するやうなことは無用」ではないかと自解している。梵の俳句の特徴は視覚的な把握の繊細さだけでなく、思い切った詩性の発展にあることを掲句からも覗える。「スキー地まで　九句」。

葉のみどりかたちうしなひ窓を過ぐ　『皿』

13

おそらく電車からの状景であろう。窓の外には初夏の樹木が見え、そこを高速で過ぎ去る。しかし、見え方としては、その〈葉のみどり〉の方が走り去っていくように見える。〈かたちうしなひ〉の把握は的確を極め、句に高いスピード感・臨場感を与えている。「法師温泉まで　七句」。

一般に車中句は佳句を残すのが難しいと言われているが、梵は積極的に詠み、佳句も多い。〈窓うごきはじめぬ雪は斜めを増す〉〈利根明り菜の花明り窓を過ぐ〉〈他の線路せり上り草の土手となる〉〈窓にふれアカシアの花露をのこす〉など。

人皆の春服のわれ見るごとし

『皿』

14

昭和九年、梵は東京大学文学部国文学科を卒業した。卒業論文の題は「俳論史序説——主として五七五詩形の独立に就いて」。そののち、徴兵検査で「丙種合格」となった。昭和一二年、亜浪からの勧めにより、私立瀧野川実科女学校で教鞭を執ることとなった。受け持ちは国語、地理、歴史、代数、幾何、公民。学校のやりかたが「憎く」なり、授業時間数の多さに疲れ、丸一年で辞めている。

掲句は「卒業　六句」のテーマ詠の一句。人々がみんな自分の春服を見ているようだという、晴れがましくも面映ゆい自意識を淡々と描いている。

紙の網あやふくたのし金魚追ふ

『皿』

15

金魚掬いが楽しいのはなぜであろう。網を近づけると逃げる金魚の美しさ。それを追う漁の楽しさもあろう。しかし、梵はその網が紙でできた網であり、脆く危ういことにその本質を見ている。紙の網はじきに破れてしまう。それが儚いことを承知の上で金魚の活きを楽しむ遊びなのだ、と。

「金魚掬い」という概念的な把握から〈追ふ〉と動詞をつかみ出し、より具体的なイメージに導いている。「夜店所見　七句」。

頭影テントをなかば占めうごく

『皿』

16

梵は終生山好きであった。松山中学校・松山高等学校在学中は山岳部に所属していた。句作から遠のいた還暦以後も、中学時代に出会った盟友かつ俳人の八木絵馬とヒマラヤに行くことを夢見ていた。第一句集『皿』は愛媛の山「皿ヶ嶺」の名を由来とする。端折った愛称であるが、山岳部で馴染んだ呼び名として、気に入ってタイトルとしたという。掲句、〈なかば〉の精確さ、〈占めうごく〉の大胆な複合動詞が眼目。「奥多摩にて　一〇句」。〈リュックサックごとやすらへば峰雲真上〉〈葉さやぎの来てはテントを膨らめぬ〉など、山をテーマにした秀句も多い。

水底にあるわが影に潜りちかづく

『皿』

17

季題はないが「泳ぐ」ことがテーマで「夏の季感」があると言えよう。

冷たい水に潜っていくうちに、水底に自分の影があるのが見えてくる。最初はぼんやり見えていたものが、深く潜るにつれ、際やかに見えてくる。さらに水を掻き潜り、それに近づかんとする。特に目的があるわけではない。ただその影を目指したいという、行為のための行為だ。

感慨を直截的に表現する型の抒情ではないが、深い情感を感じさせる一句である。「久里浜村にて　一七句」。

肩の汐ぬくくつたはり中指より落つ

『皿』

海で泳いだあとに身体に海水が残る。立っていれば重力によって、その海水が肩からじんわりと腕・手へと下りてくる。夏の海水は生温く、何かが這っていく心地もしよう。最終的に、最も長く、最も先端となる中指から、ぽたぽたと落ちる。

下五は八音で、五七五の定型をはみ出しており、粘り強い観照と、起伏に富むオリジナリティの高い韻文性を表現している。「久里浜村にて　一七句」。

波にからだ高まるおもひ離れざり

『皿』

19

海で泳いでいると、波が来て、その流れによって身体が攫われ、浮かぶ。己のコントロールが利かない生命の危機に瀕する瞬間である。海での遊泳はその危機を楽しみとする側面もあろう。陸に上がっても、まだその身体の怯えと、精神の昂ぶりの瞬間が忘れられない。

〈おもひ〉を物質的なものと捉える梵の詩性が〈離れざり〉という措辞に覗える。「久里浜村にて　一七句」。

カーテンのレースの薔薇が空に白し

『皿』

20

白い糸でレースの模様を編むと白に濃淡ができる。密に編めば編むほど白が濃くなり、疎に編んだ部分は透けて淡くなる。バラの模様を編めば、その部分だけ密に、盛り上がった風合いとなろう。カーテンのレースという広やかな面で外の景色を捉えたとき、透いている部分で空が認識され、濃い部分でバラが認識される。白いバラが空に浮かんでいるように見えるのだが、あくまでも模様として直叙することで、ドライな諧謔を得た。「病院ぐらし　九句」。

浴衣の上に蒼ぐろき顔載せあるく

『皿』

21

さらりと浴衣を着る。上から順に見れば、顔があり、浴衣があるであろう。身体をおしなべて考えたときに、頭の重量から言って「頭を乗せる」ならば発想できそうだが、〈顔〉を〈載せあるく〉という発想は不気味だ。〈顔〉の物体感が強調されることで、仮面《ペルソナ》として精神から分離しているかのように思えてくる。しかも、それは青黒く、健康的でない。自画像としてブラックユーモアを滲ませた快作である。「自分　三句」。

44 — 45

東京の中よりくらくさむき東京現《あ》れたり

『皿』

22

「東京」は多彩で煌びやかな幾億もの灯火を立体的にもつ華やかな都市だ。しかし、いまそれはそうした表情とは違った暗い姿で、寒々しくぬっと不穏に現われた。〈中より〉という措辞が「東京」そのものの表層が一枚破れて、尋常でない本質が露わになってしまったかと想像させる。見てはいけないものを見てしまったという作中主体の慄然とした身震いが伝わってこよう。「防空演習所見　七句」。

「東京」をテーマとした句は他に〈東京灯りぬ金魚のごとき雲を泛べ〉などがあり、やはり不穏さを感じさせる。

検温器腋の風邪熱あつめ著し　『皿』

23

　未使用の検温器は風邪の身体の温度より低く、腋に冷たく感じる。急速に温《ぬる》くなって体温と同化してゆくそれを、熱を集めて著ているのだと擬人化することで、検温器に主体性が宿っているかのごとき印象を与える。モノである検温器が自己と等価的に現われる表現である。

「風邪　九句」。

　「風邪」や「咳」を主題とした梵の俳句は多岐にわたる。〈ハンケチにはげしき咳のぬくみかな〉〈誰か咳きわがゆく闇の奥をゆく〉〈弁当のパンかは《ママ》きゐて咳さそふ〉〈話ししてゐる間に風邪のこゑとなる〉など。

葉桜の中の無数の空さわぐ

『皿』

24

梵の代表句としてよく知られている。初夏らしい清々しい風が吹き、サクラの葉同士がうち鳴らし合い、ざわめきとなる。その揺れる姿によって、見える空の範囲が頻りに変わる。梵は、葉桜の葉の隙間からみえる空を〈葉桜の中〉にあると感覚的に摑んだ。そして、葉桜が騒ぐという月並みな発想を転じ、空そのものが騒いでいるのだと、動作の主格を捉え直した。

「『空』はどこからが『空』なのか」という疑問は子どもなどから聞かれることが多い。掲句では、空は確かに〈葉桜の中〉にある。「夏　一七句」。

ぶだうの房海松《みるめ》のごとくなり皿に

『皿』

25

〈海松〉は海藻で古歌に用例が多い。〈敷妙の枕のしたに海はあれど人をみるめはおひずぞありける　紀友則『古今集』〉（訳：枕の下に涙の海はあるけれど、そこにはあの人に逢えるという「みるめ」は生えていない）と言ったように、しばしば「見る目」に重ねて掛詞となる。

　梵は松山高等学校時代に古典の輪読の会に参加しており、古典の素養があった。

　〈海松〉がブドウの房のようだという発想を、掲句は逆転して、ブドウの房がミルメなる珍しい物のようだと表明する機知だ。見た目が海松と、「見る目」という掛詞の働きを使い洒落ている。「夏　一七句」。

52 — 53

たばこの火蚊帳のきり取る闇に染《し》む

『皿』

26

天井から吊る蚊帳のなかに入って就寝時を過ごす。蚊をよけるためという本来の道具的な用から離れ、それが空間を分断し、闇を切り取るモノであると捉え直す。煙草の火の小さな明かりによって、蚊帳の骨組みはぼんやりと浮き上がる。温度も湿度も高い押し寄せてくるような夏の夜闇に、滲むがごとく煙草の火が点る。

煙草を吸うという行為の本来的な孤独さ、充実感と虚しさの綯い交ぜになった複雑な心情が、背景に溶けている。「夏　一七句」。

黝く灼けわが影われに先んじゆく

『皿』

27

太陽の直射熱に照りつけられて灼けた道に、歩きゆく己の影が灼ける。

〈先んじゆく〉の措辞は夕刻前を思わせる。影は段々と伸び、日没には消える。それまでの間、己の影を見ながら追うように歩く。「夏　一七句」。

梵は師・臼田亞浪に初対面で貰った句〈涼しさやよるべもとむる蔓のさま〉について「この句およびかういふ人生にかかはりのありさうな、意味あり気な句、写実と寓意の二重写しの句はその瞬間から好きになれなかった」と述懐し、「若気のいたり」であったと結論づけている。掲句はやや寓意を呼び、師・亞浪の俤を感じさせる。

深々と湯に沈みつつ鳥肌しゐつ

『皿』

梵は前述の卒論で、「季題を詠み込む」ことは俳句にとって歴史的に必要不可欠な条件とは言えず、「共通、共感する感覚や感情をふくむので、それらの言葉を使ふと、文学としてのひろがりや奥行きが増すから使つた方が得となることが多い、といつた表現上の手段・効用の問題にすぎない」と総括した。

掲句、テーマ詠「秋　一〇句」のなかの一句。風呂の湯に鳥肌が殊更感じられるのは「身に沁む」頃かもしれないが、季感よりも重要なのは、浸食してきそうな湯と邂逅した身体の慄きであろう。〈つ〉の音が重なる硬さが臨場感を呼び起こす。

蒸しタヲル顔にあり冷えし斜めの身

『皿』

29

理髪店でひげ剃りの前に使われる蒸しタオルはひげを柔らかくしたり、剃刀負けを防止するために用いられる。掲句、理髪店では普段とらないような姿勢をとらされる。身が斜めのままキープされ、蒸しタオルを顔にかけられ、放置される。身体は全体的に冷えているが、顔だけがホカホカと温かい状況というのも、奇妙と言えば奇妙だ。俯瞰すれば不自然で、滑稽ですらある。

中七を八音にして安定感を揺らしつつ、意識が向かなければ見落とされてしまう、生活の中で演じてしまう奇態を敏感に捉えている。「秋　一〇句」、「理髪店にて二句」と前書。

脚をつたひ凍てし靴音頭に来る

『皿』

地面をカツカツと靴で歩く。その冷たく硬い音の響きを凍てているようだと感じる。音は振動だ。靴の裏で鳴らした音は脚を伝い、頭までのぼってくる。耳だけでなく、身体の長さを使って音を感じ取っている。

靴音が凍てるという把握は詩的であるが、隠喩で書くことで、スーパーリアルに想起される。空恐ろしい凄みを得た。

梵は「有季定型」を墨守する俳人ではなかったが、掲句では季題「凍つ」を詩的かつ効果的に使っている。「冬二九句」。

手の背むらさき揉みて白けし中より現《あ》る

『皿』

〈白けし中〉の句意がやや取りにくいが、夜が明けて、辺りが薄明るくなってきた中と解した。

現われた人物が自分の手で反対側の自分の紫色の手の背を揉んでいるのであろう。手の背の紫は冷えたためであろうか。揉んでいるのは温めるためであろうか。理由は定かでない。その理由をあれこれ考えるより、その行動・状況の若干の異様さ、底気味悪さを感じ取りたい。書かれなければ存在しないかのような実存の奇怪さを描いている。「冬　二九句」。

蹠《あな》裏に炬燵の柱まるくぬくめる　『皿』

点けたばかりの炬燵であろうか。柱はまだ温まっていず、無機物としての冷たさがある。作中主体には体温があり、蹠裏（足の裏）は炬燵の柱よりは温度が高い。その柱の円柱の形状を確かめるように足を動かして、その裏で触れて温める。

〈まるくぬくめる〉にリアリティと実感が宿り、足の触覚を見事に捉えている。炬燵の熱に柱や足の裏の温度が溶け込む前に、異質な物に足の裏で能動的に働きかける。寸刻のほぼ無益な動作を逃さずに描いた。「冬　二九句」。

手袋の手を挙げ人の流れに没りぬ　『皿』

33

別れの挨拶として手を挙げる。後ろ姿であろう。大きく腕を振らずとも、グッドバイの仕草であることは見ている者には伝わる。手袋の色・形が浮かんでいるように見える。しばらくはその手袋だけを目で追うこともできるかもしれない。しかし、やがて、それも人波に呑まれていく。

離別しきってしまう前の名残惜しさは、完全に一人となってからの寂寥感よりエモーショナルかもしれない。〈没りぬ〉と人の流れに入ったところまでしか描かず、程なくそれが消えていくことを、読者に予感させるところに表現の冴えがある。「冬　二九句」。

枯芝にこもる日ざしを背に吸ふ

『皿』

冬枯れの芝がからからに乾いている。その広々とした金色の芝に寝転がる。冬の日差しによる温みが、ふかふかとした芝の奥に籠っているのを、背中で感じ取る。冬の日差しを眩ゆく感じる目の存在も感じさせよう。

熱でなく、日差しそのものが枯芝に籠っているという把握、芝より温度の低い背中がそれを〈吸ふ〉のだという把握、その二重の詩的把握によって読者を己の情感の世界にいざなう。悠々と無為であること、時間をたっぷりと浪費することの美徳を十分に伝える句である。「冬二九句」。

寒三日月目もて一抉りして見捨てつ

『皿』

冴え冴えとした冬の三日月が煌々と際やかに照っている。作中主体はそれを見上げて、抉り取らんばかりの極めて強い眼差しをひととき向ける。十分に彫り浮かせ尽くすように眺めたあとは、じきに視線を離し、忘れてしまう。

〈目もて〉は目の道具性を感じさせる。視線が鑿のごとき凶器にもなり得るのだという意識が覗える。

寸刻の深々とした執着と、潔くその執着を捨てて次へ移る豪快さ。やや伊達伊達しくもあるが、梵の句作における取材への矜持を思わせる風格がある。「冬　一九句」。

受話機の冷たさ耳に環となり有る暫し　『皿』

36

黒電話に代表される、筐体と送話器・受話器一体型の電話機は、両器ともに丸みを帯びた形であった。掲句、丸みを帯びた受話器が耳の辺りを環形に冷やしている。そのような状況は電話を使うときにしか出会わない。用があれば奇矯と思われない感覚も、それだけを抽出してみるとかなり奇妙だ。

電話の機能は音声で情報を伝えあうことだが、その用を離れ、受話器そのもののモノの冷やかさに気を向ける様を描くことにより、ドライで超然とした実存を浮き彫りにした。ここでも異化の方法が見られる。「冬　二九句」。

妻子らに背《そ》向きて咳は蒲団に埋む

『皿』

眠っている妻や子を起してはならないという配慮もあろう。その反対側を向き、こっそりと蒲団に埋めるように咳をする。咳を包んだ蒲団は気息でわずかに温くなる。作中主体は自分自身の熱をそこに感じることとなる。

「咳」は個人の生体防御反応である。家族という小さな共同体は一体のようでありながら、個人個人で形成されている。配慮以外にも、人間の絶対的孤独感が蒲団に咳として滲んでいる。本質的な哲学が抑えた筆致で描かれている。「冬　一一九句」。

赤き富士朝霧の上の山の上に

『雨』

句集『雨』（一九五三年刊）より。実際の奥行を考えに入れず表現した。画面上部の富士の赤さがまず提示されて、画面下部に白い朝霧が立ちこめ、画面中程に青い山が見える。色彩のコントラストが鮮やかだ。

だが、実際には朝霧が手前にあり、その奥に山があり、その奥に富士があるはずだ。上下と同じほどに、奥行きが自然と認知されるのが一般的だ。掲句のように二次元的平坦さで描かれると、却って人間の認知の不思議が読者に湧きおこる。「富士」。

峰雲の暮れつつくづれ山つつむ

『雨』

39

長らくの間、峰雲を見ている句の主人公がいる。見ている間に日は暮れていき、峰雲は夕日に明るく当たる部分を刻一刻と変えながら、段々と崩れていく。やがてその雲が山を包む。

美学者の小田部胤久は『美学』においてカントの『判断力批判』を引きながら、「天才」の意義は自ら対象の観照にとどまりつつ、人々を世界に対しての無関心から目覚めさせる点にあるとした。観照にとどまる点においても、埋もれた新しい美を見出す点においても、梵のなかの「天才性」を感じさせる、叙景のみに留まった非-メッセージ性の高い一句である。「雲」。

下雲を透き夕焼けし雲うかぶ

『雨』

40

山の低いところにかかっている雲の一部が淡く薄くなっている。そのために、その上の雲が透けて見える。日が西の空に沈んだ後も、立体的で厚薄のある雲が茜色に染まり、しばらく浮かんでいる。

掲句は、一句における情報に対して、そこからいえること、メッセージは特に抽出しようがない。「So what?(だから何なの？ その意味は？)」に答えられるものはない。ただ「美」がある。

言語には意味があり、メッセージを運ぶ役割を負いやすい。メッセージに溢れるこの世において、メッセージと拘わらないところで生まれる「美」もある。「雲」。

みんみんの息つぐひまの蟬遠し

『雨』

近くで鳴いていたミンミンゼミがふと鳴き止んだ。そのことで他のセミの鳴き声も聞こえるようになったが、その声は遠く感じられる。

セミには発音膜という音を出すための器官があり、その膜を発音筋という筋肉で震わせて音を出し、腹の中の共鳴室という空間で音を大きくしている。よって、〈息つぐ〉は擬人化であり、〈ひま〉という措辞と連動し、親しみやすさと作中主体との淡い同一視とが表出されている。

動き止んだときに、遠くの他の蟬の存在をわずかに感じるという、情感の乗った句である。「蟬」。

話しつつかたみに炭火いぢりゐし

『雨』

42

話しかけながら何かをいじるという行為は、話すことに集中していないための行為とは限らない。真剣に言葉を選ぶために外部的な刺激を利用していることも多い。

　掲句、炭火を囲んで談話しているのか話を進める際の逡巡が、炭火をいじる行為に表れる。言い淀むときに、炭火を火箸でつついて熾らせる。ぱっと火が華やぎ、次の言葉を継ぐきっかけにする。華やいだ火は炭火を囲む者達の顔を一瞬照らす。その印象が深々と残り、思い出されるのであろう。「火」。

ゐんどう蔓出あひてはげしく巻きあへる

『雨』

43

二方からエンドウの蔓がのびてきている。それが合わさってお互いをぐるぐると巻き合っている。〈出あひて〉の擬人化により、人間を見るようにエンドウの蔓を把握していることがわかる。それにより動きのある臨場感が生まれている。社交ダンスのイメージも彷彿とさせるかもしれない。

〈はげしく〉という措辞に驚嘆の情が乗り、互いを必要として激しく巻き合うその姿に、そこはかとない滑稽さを見出しているとも思われる。「田園」。

鋤きし田のむらさきつよき日に乾く

『雨』

44

鋤いたばかりの田は土の中の部分が現われ、湿気を含んで濃い紫色に見える。その土の紫色は、どこか傷つきたてのような、生々しさを感じさせる。それが日に当たって、段々と白っぽい色に変化していく。これから水を張るまでのひとときだ。

〈つよき〉という形容詞が主観を表していて、発見のポイントとして提示される。それにより、表現に深い感慨がある。

土を絵に描くとき、おおよその人は土を茶色に塗るであろう。鋤いた田の土に束の間のありありとした紫色を発見するのが、梵の非凡さである。「田園」。

しぼみつつかぼちやの花の葉に隠る

『雨』

45

カボチャのやや大ぶりな明るい黄色の花、大きくて丸い葉。咲いていたときは葉から突き出ていたのであろうか。今はしわしわと萎んで勢いなく葉に隠れている。

〈隠る〉は完全に隠れてしまっているというよりも、隠れる意志があるが、容色が衰えつつも目立つ黄色が少し見えている状態なのではなかろうか。

擬人的な隠喩《メタファー》に囚われると哀れさが前面に出てきそうだが、ドライな筆致がその読みを抑制している。際どいところで絵画的な美しさと余情を書き留めることに成功している。「田園」。

誘蛾灯の下のくらきに畦あつまる

『雨』

誘蛾灯がぼんやりと灯り、パチパチと虫を焼き殺している。その下には周囲の夜闇よりは明るいが、誘蛾灯そのものよりは暗い畦がひとところ見える。その畦が集まっているように感じられる。

〈あつまる〉は主観的だが、薄暗く照らされた箇所であるからこそ得られる緊迫感がある。畦の生々しさを捉えている。

夏の夜の生死が匂い立つような空気のなかで見える畦は、絵画的な線を感じさせ、異界めいた世界を思わせる。幻想の雰囲気を含みながら、確かに現実に立ち現われた異様さのアクチュアリティなのである。「田園」。

稲の青しづかに穂より去りつつあり

『雨』

47

夏から秋にかけての季節であろう。イネの穂が青色から金色に変わりつつある。季節のあわいであり、色のあわいだ。

〈しづかに〉〈去り〉の両方に擬人化が見られるが、わざとらしさはない。〈青〉そのものに意志が宿り、ゆっくりと騒ぎもたてずにそこから消えていく。青の冴えが引いていく美的な状景であり、そこからもたらされる情感をさらりと纏わせている。

〈青〉は未熟さの象徴かもしれない。次に来るのは成熟の色である。未熟さをほのかに惜しむ気配、そのような深読みを誘う句でもある。「田園」。

幹の間《あひ》とほくの幹に月させる

『雨』

48

近くに見える木の幹と幹の間に、遠くの木の幹が見え、それには明るい月の光がかかっている。

奥行きを見せる句だ。ことのほか遠くの木の幹に月の光が差している。それを取り立てるということは、手前の木の幹や作中主体の辺りは雲などで陰になっているのかもしれない。

ここにはない静かで明々とした美しさが、遥かには別天地のようにある。しかし、そことここは繋がった世界であることも、〈幹〉という同質のモノがあることでわかる。遠くの月光に照らされている明るい木の幹は希望のようでもある。「月」。

摺りガラスましろに月のかげを堰く

『雨』

「かげ」には「陰・蔭・翳／物にさえぎられて光があたらない暗い所」の意味と「影／光によって見える姿・形」の意味と「かげ／光」の意味がある。

掲句、月の光が押し寄せてくる。摺りガラスを通すときには、その面に月の形がぼんやり残るように押し留められ、十全な光がこちら側には届かない。〈堰く〉の比喩的な動詞が能弁で、月光を流体物のように感じさせる。〈ましろ〉の措辞はただの白よりもいっそう清らかな印象を与え、水のように流れ来る光を一心に遮っているかのようである。「月」。

しろがねの春空わたりをはりし日

『雨』

50

〈しろがねの〉が掛かるのは「春空／日／両方」の三筋があり得る。どれとも言いがたい揺らぎがあるが、日没のあとの白銀色の空を見て、日輪はこの空を渡って、渡り終えたのだという感慨を含ませているのではなかろうか。時間の把握が超越的であるからこそ、普遍性を呼び込む。

掲句を含むテーマ詠「日」は、美のための美を摑み取ったような格調高い作品であり、どの句も悠然たる時間を詠み込んでいる。〈さわ《ママ》やかにはげしき日ざしさしのぼる〉〈すきとほりたる小春日の夕づきぬ〉〈日向居《ひなたゐ》につぎの柱の影が来ぬ〉など。

102 — 103

水底に着きびわの種子また光る

『雨』

光を宿すビワの種。水中を落下する途中は揺らめいて燦めきが感じられなかったが、水底に着いたときに再び光って見えたのであろう。

〈また〉という措辞は再度であることを表し、その前も光っていたことを表す。落とす前のビワの種の光りようと、水底での水越しの光りようでは質感がきっと違って見える。

出だしは何のことかと読者に思わせて、中盤で「ビワの種」を見せ、ビワの黄色い実、味、食べたあとのつやつやした茶色の種を一挙に思わせ、最終的にその種の光を見せる。自然ながら巧みな措辞の流れである。「川」。

ささげの芽ならぶ間を雀あるく

『雨』

52

季題「豇豆《ささげ》」の季は初秋。莢が上を向いているので「ささげ」の名が生まれたとされる。種は夏蒔き。

掲句、その芽は双葉で、蒔いてから三~五日で発芽する。よって、季感としては晩夏から初秋にかけてであろう。取るに足らない「草の芽俳句」であるとレッテルを貼られ、捨象されかねない状景である。しかし、文学的意義からこぼれ落ちたところに実存の不思議が現われる。

梵は書かなければ存在しないかのごとき状景を丁寧に掬い上げ、純度の高い句を多く残した。掲句はその最たるものの一つである。「鳥」。

あさがほの葉をどけやればはらと咲く

『雨』

葉が被さったアサガオの蕾。その葉をどけてやると、円かな花が一気に開いた。

〈どけやれば〉の措辞に、アサガオのためにそうしてやったのだという心情が滲む。この葉をどけてやったら、アサガオの気持ちに適うようにその花を咲かせることができるのではないか……。そうした期待が作中主体にはあったのであろう。はたして、アサガオの花は咲いた。

朝の清らかな時間に得た極小の喜びが〈はら〉という可憐なオノマトペに乗る。「花」。

幹を巻く葛を見たどり花に到る

『雨』

クズの蔓が荒々しくぐるぐると木の幹を巻くのを発見した。これを辿って見ていく。そうすると、やや獰猛で粉っぽい匂いを派手に発する、紫色の花に行き当たった。

何気ない行為である。花を期待したかどうかは描かれていないが、淡い予期くらいはあったかもしれない。

一般的に人間は何気なくモノを順番に見ている。梵は、まずクズの蔓を見て、それからその花に辿りつくまでの過程を順番に丁寧に描くことで、無意識化されがちな世界を捉えた。

〈見たどり〉の複合動詞に時間を凝縮したような切迫感がある。「花」。

光らざるときの蛍の蚊帳のぼる

『雨』

55

日本に生息するホタルは光らなければ地味な虫だ。前胸背板の赤は特徴的だが、暗いと目立たない。

掲句、蚊帳の中でホタルと戯れているのであろうか。〈のぼる〉は飛んでいるのか、蚊帳を這っているのか定かではない。寝床近くで光っていたホタル。それが上昇する刹那、光が消える。またすぐに上の方で光り始めるであろう。

蚊帳のなかが暗くなった瞬間、その闇の中で息を詰めてホタルの上昇を見守っている。生き物としてのホタルの懸命さを光が消えたときに見出し、淡々と描く。うっすらと無常観が漂う句である。「虫」。

ぶんぶんの灯へゆく音を闇に聞く

『雨』

56

カナブンには正の走光性、即ち、光に向かっていく習性がある。

掲句、カナブンが灯しを目がけて飛んで来る。その大きな翅音を静かな闇の中で聞く。

〈へ〉は方向を表す格助詞であり、〈ゆく〉という目的地へ向かって進むことを表す動詞と合わさって、経過を描写している。灯しに到着するその途中の翅音だけを捉えることで、やがて姿が明らかになることを読者に予期させる。

カナブンの重量感ある実存と、作中主体の〈聞く〉という静かな実存。カナブンの個をしっかりと認識する個が闇のなかにいる。「虫」。

空の奥みつめてをればとんぼゐる

『雨』

57

例えば「空色」というと、平面的な青を思い浮かべてしまいがちだが、空は宇宙に続く深い奥行きがある。その奥をじっと見つめている。と、そこにトンボがいた。あくまでも空という対象物に関心があって見ていたのだが、その視界にトンボという、ともすれば夾雑物にもなり得るものを、ふと認識するのだ。

〈空の奥〉を見ている作中主体の、奥行きを推し量るような眼差し。近くにトンボが現われることで、そのピントが修正される。果てしないロマンに駆り立てられていた心が、俄に現実にやや引き戻される。その微妙な一瞬を捉えている。「虫」。

雪虫の青くなりつつちかづきぬ

『雨』

ユキムシは「綿虫」とも呼ばれ、纏っている蠟物質によって白く見えるが、近くでよく見ると仄青い。同じ「雪虫」と呼ばれるセッケイカワゲラは黒い昆虫で、春の季題。

掲句、ユキムシが段々と近づいて来る。ユキムシ自身が色を変えているわけではないが、作中主体にとっては段々と青を増しているように見える。

果たして、現実で掲句のように認識できるであろうか。だが、詩歌は非現実的なことも措辞によって表すことができる。掲句のユキムシはまるではっきりと色を変えているようだ。少々過剰に書くことも、梵の詩性であったと思われる。「虫」。

灯をめぐる蠅覚めぎはの夢に入る

『雨』

59

この句は、〈灯をめぐる蝿〉が主語。深い睡眠から目が醒め始め、夢が現を引き入れ始めている。夢なのか現実なのか判断できないような朧気な意識のなかで、灯しを感じとり、ハエが影をつくりながらブンブンとその周りを飛んでいると感じとる。

この句全体の事象に何か意味があるのであろうか。何か隠喩があるのであろうか。夢のなかでは判然としない。

作中主体には、〈夢〉かどうか、目覚めたあとにしか判断できない。表現そのものが睡醒のあわいを表しているようである。「虫」。

耳に蹤《つ》く虻はらふ手に翅触《ふ》りぬ

『雨』

60

アブが血を吸おうと耳に寄ってくる。頭にある平たい突起物である耳は格好の標的かもしれない。〈蹤《つ》く〉は「従う」という意であろうから、頭を動かしてもついてくるのであろう。手も振って追い払おうとする。その手にカサリと薄い翅が触れた。

刺されまいとアブを嫌がっている動作のなかに、ふと差し込まれる触感による新鮮な驚き。理想化されたイメージのアブと、実際に生きて存在するアブとの質感の違い。その意外さ。繊細な感受が詩的であり、肌理の粗い道徳的な意義を求めるメッセージ性に囚われない異化が見事な句である。「虫」。

水筒に清水しづかに入りのぼる

『雨』

61

飲み干してしまった水筒であろうか。それとも清水を汲むために持ってきたものであろうか。汲み入れた清水が縦長の水筒に段々と溜まっていく。

〈入りのぼる〉は清水を主語とした自動詞的な書き方。水筒のなかの水面が上がっていく様子を〈のぼる〉とする。〈しづかに〉には作中主体の情感があり、耳を澄ませて見守っている様子も覗える。

対象物に身を寄せて、それと溶け合うような情感で描く。客観の無味とも違い、主観の陳腐とも違う絶妙な情感を加える書き方は、梵が注力し洗練させた表現方法である。「山」。

灼けてゐる礁《いは》に耳つけ濤を聴く

『雨』

真夏の太陽の光によって、水面に見えかくれする岩も熱くなっている。じっとりと濡れる熱い岩に作中主体が耳をつける。時折、その耳や顔までぬるい波で濡れるかもしれない。だが、そのままじっと耳をつけたまま、打ち寄せる波の音をただひたすら聴いている。

自然に任せて徒らに時を過ごしているともいえるが、その行為こそが自然のなかにある本質的な詩を味わい尽くすための行為ともいえる。五感を鋭敏にし、身体をもって、詩の到来に浸る。なんと贅沢なひとときであろうか。「伊良湖崎」。

滝沺れて垂《たる》水《み》の黝《くろ》く岩づたふ

『雨』

63

冬の涸滝のなかにわずかに水が流れているのであろう。水量が少ないが故に、黝い色がはっきりとわかる。〈岩づたふ〉は「岩をつたふ」から「を」が抜けた形。まるで爬虫類がぬめぬめと這うような語感である。

〈垂水〉の語彙から〈命をし幸《さき》くよけむと石走《いはばし》る垂水の水をむすびて飲みつ　作者不詳〉という『万葉集』巻七の和歌を想起させ、〈岩づたふ〉の語感も万葉調である。古歌の風格でありながら、水を生き物めいたなまなましさで描いているところに、微かな俳諧味も見出せよう。「歩危峡谷」。

日あるらし林の奥のさみどりに

『雨』

64

林のなかは葉影木影がうち重なり、暗い。しかし、その奥は明るい早緑色だ。この林を抜けると、日が差すところに出られるのだ。

「らし」は推定の助動詞。掲句では、光が見えているためか、ただの推定というよりも、作中主体の希望を感じさせるような抒情、それが明確に打ち出される。多少の深読みを呼びながら凡庸でないのは〈さみどり〉の色の鮮明さと平仮名表記の軽やかな明るさによるものであろう。

いずれ、作中主体はその早緑の明るさに到達するのであろうか。それは描かれず、ただ希望の色だけが耀《かがよ》い、漂うのみである。「渓谷」。

秋風に瀞の面のさかのぼる

『雨』

〈瀞《とろ》〉は河の水が深くて流れが静かなところ。その水の面《おもて》に秋風が吹いて、遡るようにさざ波が立つ。

〈流灯や一つにはかにさかのぼる　飯田蛇笏〉という名句もあるが、思わぬ流れが水面に起こる。掲句では〈流灯〉のような目立つ標はなく、水面だけに眼差しが注がれる。微少な驚きを逃さず、精確に捉えつつ、洗練された筆致で描くことで、深い詩情を読者と共有し得ている。

　梵は必ずしも有季定型を絶対視するタイプではなかったが、季題「秋風」がもつ無常観が句の全体に染み渡るような、寂の味わいがある。「渓谷」。

朴落葉手にしてゆけば風あたる

『雨』

66

ホオノキの葉は長楕円形で、長さ二〇〜四〇センチメートル、幅一〇〜二五センチメートル。かなり長く広く大きな葉だ。それが冬には錆び色に枯れて落ちる。

掲句、何かの用があってというより、戯れにその大きな落葉を拾ってみたのではなかろうか。手に持って歩くと、面積の大きさにより風の抵抗を殊更感じる。それを持っていなければ、気付かないほどの風であったかもしれない。「朴落葉」によって、自己の存在が拡張したような体感を楽しむ伸びやかな詩性である。「渓谷」。

淵は冬みどりのはての黒を帯ぶ

『雨』

水を深くたたえているところが、いままさに冬の様相である。緑色が濃く極まってきて、終いには黒色を纏わせる。

副助詞「は」はトピックマーカー（topic marker）であり、そこが主題／話題であるという目印として使用される。掲句では、〈淵〉を話題として提示し、〈冬〉を浮かび上がらせる。中七以降は「は」という限定で照らし出された〈冬〉に対して、なぜそのようなことが言えるのか、読者の得心を引き出す描写となっている。

淵の緑色が黒色の凄みを帯びることで、冬を冬たらしめている性質が現われるのである。「渓谷」。

茂みなほ黒く朝の海に沿ふ

『雨』

68

早朝、湾に面した海岸から、それに続く向こう岸を眺めているのであろうか。夜のうちは黒く影として見えていた木の茂り。朝《あした》となっても、依然と黒く見え、海に沿うように生い茂っている。

副詞「なほ」は「こんなにもまだ今以て」といった、情感を濃く滲ませる措辞である。

朝日が差し、夜が明けながらも、〈茂み〉はかくも黒々とシルエットを浮かべ、朝が来るのを拒んでいるかのようだ。それをムッと蒸す海風の匂いに包まれながら、しみじみと感じている。そのような深読みも許されようか。

「南海」。

汐ひけば出て秋汐を鳴らす岩

『雨』

ザザザッと引いていく波と岩をただ見て、その音をただ聴いている。波が引いて岩が露わになった。岩を分けて波が引くとき、海水が鳴る。それは岩が鳴らしているのだ。

〈鳴らす〉の他動詞的な措辞に、わずかな擬人化があろう。それは、岩に意志があるかのような読みをもたらす。なんのために鳴らすのか。その答えはない。

〈春の海終日《ひねもす》のたり〳〵哉　与謝蕪村〉には春の駘蕩たる空気が流れているが、掲句は秋の海だ。両句とも長時間海を眺めての状景であろうが、蕪村の〈春の海〉より動的であり、茫漠で寂々とした趣がある。「島」。

みやげものの店片蔭に入りしは美し

『雨』

70

　土産物の店が、路面に突き出して平たい棚を置き、商品を陳列している。それは雑多でキッチュな色合い・形状の物で溢れかえっている。その通俗的な色合いやフォルムも、片蔭に入り、色のトーンが落ちると急に美しく見える。

　掲句は対比だ。副助詞「は」によって意味が限定される。それによって、「片蔭」に入っていないものは、さほど美しくないと含意される。であるからこそ、片蔭に入っているものだけが際だって〈美《は》し〉なのだと断言したくなるのだ。

　梵の美意識が如実に現われた句である。「海辺」。

142 — 143

夜光虫船腹より吐く水に湧く

『雨』

71

船のエンジンは海水で冷やす。エンジンを冷やし終わった水は船の横の方から捨てる。その他、船内の台所や風呂の水なども横から流す。

掲句、どのような用途で捨てることになった水かはわからない。〈船腹〉即ち、船の横から水が出ている。水の振動などによる刺激が、夜光虫を呼び起こしたのであろうか。水が出る周辺に、下の方から表面にわっと噴き出るがごとく、夜光虫が現われる。

〈吐く〉の措辞が、船に生き物めいた感じを与える。その交感によるように、夜光虫の冷たくも妖しい青々とした光が炎えたつ。寸刻の美を捉えた句である。「霧笛黄海にて」。

星と星のあひだ深しや木犀にほふ

『雨』

星々の遠近は肉眼ではわかりにくい。何光年も離れた星と星が、肉眼では「隣の星」と平面的に把握されることも多かろう。星々を奥行きあるものとして捉えられるのは、宇宙についての知識があるからであろう。

掲句、その認識を〈あひだ深し〉と詩に昇華した。作中主体は地上から眺めつつも、宇宙的な奥行きを捉えたのである。木犀の花の強い香りが漂うことに、空間性を見出せるからこその発想であろう。嗅覚を使った身体的な実感が、知的なロマンと結びつき、詩情を得た一句である。「木犀」。

梵の命日は「木犀忌」という。

サーチライト叉《さ》を解かず寒き雲を過ぐ

『雨』

73

サーチライトが、航空機による夜間爆撃を防御するために、その筋状の光を縦横無尽に空に向ける。いま、何かを捉えたかのごとく、交点が定まった。交点がすぐには散漫にならず、そのまま何かを追うように動いている。しかし、その他はまだ、何も起こっていない。交叉する光の点がただ暗い雲をよぎっていくだけだ。

凍てつくような寒い夜、その空の雲は心が冷えるような〈寒き雲〉と感じられよう。爆撃戦の予感だけが不穏に流れる緊張の瞬間を、事物に即しつつ抒情を滲ませて描いている。「灯火管制」。

泳ぎの真似をしつつ誘ひに寄つて来る

『雨』

74

第二句集『雨』にも「吾子俳句」のテーマ詠が入集されている。第一句集でテーマ化した吾子との邂逅の不思議を引き継ぎつつ、より情感が豊かだ。〈歌の終りまで鞠をつき得しを言ふ〉〈子のバケツ目高の下に鮒しづか〉〈緑陰に子とをり登ってみせたくなりぬ〉〈影法師の中に子を入れ憩はしむ〉〈ゆめを見て泣く子に寒の灯をともす〉。

全句集『年々去来の花』「中空」の項にも〈うちわ《ママ》風自分と子とにひとしくに〉などがあり、最も身近で未熟な他者に対しての愛情と不思議を描写する「吾子俳句」は梵の句業のテーマの一つであったと思われる。「父子」。

150 — 151

元日のむらさきにほふ闇に覚む

『雨』

元朝の夜の明け切らぬ時間か、その日の晩かは定かではない。古語「にほふ」は視覚的な語彙でもあるが、嗅覚的な意味で読みたい。紫なる色が匂い、それを闇の匂いと捉える。紫は高貴と霊妙が入り混じる色である。〈むらさき〉という色が〈にほふ〉と嗅覚で把握されているのが共感覚的な詩情である。ただし、人間の感覚は相互に作用し合うので、非現実的な幻想の世界観ではない。感覚を重ねて過敏に捉えるのは、目覚めの瞬間であるからであろう。複雑に編み合わされる感覚が、一年の一日目の闇のなかに、突如到来する。その後の一年の計り知れなさを予感しているようである。「市井身辺」。

餡を持つ餅のうすうすあをみたり

『雨』

76

餅の中に餡が入っている。小豆餡であろうか。薄い餅がその餡を透かしている。餡や餅そのものの色とは違う青色が、うっすらと浮かんでいる。白の膜を挟むために、光の波長が変わり、餅がそのような色味に見えるのであろうか。

人間の静脈の血管も、その中の血液の赤と相反して、青みを帯びて見える。これは血管の壁が青いが故という説がある。

両者の現象は原因が違うが、モノの本質と見かけの違いという点で、イメージとして重なり得る。些事に潜む意外性を繊細に掬い取っている。「市井身辺」。

芽ぶく木を夜空にふかく彫る灯あり

『雨』

77

多くの木の芽は尖っていて、木の形状が冬枯れの頃と変わる。その黒いフォルムが夜闇のなかで灯火によって照らし出され、はっきりと輪郭を露わにする。

〈彫る〉の措辞が極めて擬人的。灯火に芸術的な意志があり、夜闇広がる空に、そのフォルムを彫刻しているのだと表現する。夜空を木、石、土、金属などと同じような、硬さのある立体的な物と見なしているのである。一方で、〈あり〉の措辞は灯火の存在を突き放したような、客観性を打ち出す。過剰に詩的でありながら、凡俗に陥らない絶妙のバランスである。「市井身辺」。

かたまりの水落ちる音水を撒く

『雨』

真夏に路地や門前などに水を撒き、埃を抑えて涼を呼ぶ。水が落ち、地面を鳴らす。それは霧のような細かい粒状でなく、ある程度の大きさのある塊であるから、ビタビタと鳴るのだ。「水を撒く」行為の本質を、その塊状の形態により起こる、大きな音に見出している。

弧を描くような水の撒きぶりを読者に想起させ、順々に落ち続ける水が思われる。水を撒き終わったあとの静けさも余韻としてあろう。匂い立つ地面も記憶の嗅覚に訴える。シンプルな表現で、読者の経験知を深く使う、知的で洗練された一句である。「市井身辺」。

如露の水をはりにちかくもつれ出づ

『雨』

79

「如露」は夏の季題。傾けはじめはシャワーのように勢いよく撒けていた水が、終わりの方になると出が悪くなり、細い一筋一筋が絡み合って、入り乱れて出てくるようになる。広く撒くことはもう叶わず、やがて太い一筋となり、ドボドボと水が下に落ちる。

　中七から下五にかけての平仮名の多用により、表記そのものでも縺れる感じを表す。頭韻も脚韻も踏まれ、かつ、〈もつれ〉の動詞選択が的確。紐が絡まるような繊細な美的側面と、水に不自由が生まれる醜的側面の両面が交互にイメージされる。撒くスムーズさの失せた瞬間の様相を的確に捉えている。「市井身辺」。

柱に足をあげてねむれる裸みゆ

『雨』

80

『去来抄』に、〈じだらくに寝れば涼しき夕哉〉がある。初心者である宗次の一言を芭蕉が発句に仕立てた。

掲句はより具体的で、床に背をつけ、柱に脚部を凭れかけさせて眠っている。柱に足を上げれば、腿の辺りを幾分かの風が透くかもしれないが、一般的にわざわざ人前でとる態度ではない。まして、裸ならなおさらである。〈みゆ〉は「見える」の意だが、文語の仰々しさが景色の滑稽さを際立たせる。眠るという行為は意識がコントロールできない。その、不用意さもここに極まれり、といった可笑しみがふつふつと湧いてくる。「市井身辺」。

西日のほとぼりなほある畳に服をぬぐ

『雨』

真夏のジリジリとした太陽は西に沈みきったが、畳にその熱がまだある。外出着から着替えるのであろうか、足の裏、あるいは座っていれば尻などに温みを感じつつ、畳の上で服を脱ぎ、落とす。

格助詞「に」の解釈は二つある。一つ目は「場所での動作」で、格助詞「で」に置き換えられる。二つ目は、「方向」で「畳の方に」という意味。しかし、その両方の意味を往還させて読むと、時間の厚みが出る。

辺りは暗くなっても、〈西日〉の気配がそこにあると感じとる把握が斬新。副詞「なほ」は抒情的で、労働後の倦怠などを感じ取る読者もいよう。「市井身辺」。

蚊遣香濃くしづみ来る下に臥す

『雨』

少し高いところに置いてある蚊遣香から、煙が流れて落ちてくる。床近くに煙とその香りが濃く漂い、床に横になっている作中主体を包む。下から蚊遣香の発する煙を眺めつつ、それに浸っていく自身を感じているような状景である。

「沈む」には水面上にあったものが水中に没するという意味もあり、臥したところが水底めいて感じられる。その印象から、部屋の暗さも思われようか。たゆたう煙と香に身を浸しながら、瞑想的に時間の流れを味わうひとときである。「市井身辺」。

渦巻ける皮の上にて柿を割る

『雨』

柿を丸ごとぐるぐる剝いていく。皮は渦を巻いて落ちる。それを取りのけずに、そのまま柿を何等分かに切り分ける。

〈渦巻ける〉と螺旋状に巻きめぐる水の流れを読者に想起させる。加えて、熟した柿の皮はやや黄みがかった濃い朱赤で、果肉はそれよりもやや淡い色であり、色の差異が面白い。割ると茶色の種が見えることもある。

渦という動きが感じられるデザイン、色の差異、〈割る〉という作中主体の能動的な行為がまるでインスタレーションのようだ。「食べる」という用を離れて、美的な位相に置き直すことによって、鮮やかに異化を施している。「市井身辺」。

しきつめし蒲団の裾をふみ通る

『雨』

何人か分の蒲団を敷き詰めると、部屋はもう歩く分のスペースが殆どない。それでも、できるだけ蒲団と蒲団の境目を「よっよっ」とよろけながら歩く。部屋の出口に向かっているのかもしれないし、入ってきたのかもしれない。そのときに、思わず蒲団の裾を踏んでしまう。

　平たい床とは違う踏み心地が蒲団にはあり、微細なちがいの感触の発見がある。蒲団の真ん中をずけずけと踏まないところに、慎ましさがあり、気遣いも感じられる。庶民的な温かいユーモアが滲む句である。「市井身辺」。

除夜の灯を魚焼くけむり来てつつむ

『雨』

85

一二月の末日の夜、魚を焼く。煙が上がっていることから考えて、七輪を使って戸外で焼いているのかもしれない。灯火が煙でぼんやりと霞む。辺りには魚の焦げた匂いが満ちている。

生活のリアリティにこそ、一抹の侘しさが沈潜している。それは、魚を焼くそのものの状景よりも、灯を包む煙にこそ深く宿るのかもしれない。年が移り変わっていく、生活を巻き込んだ、止めようのない時間の流れ。明日の元日には残っていない、生活感ある煙によって、それをひたひたと感じているのであろう。「市井身辺」。

梅雨の灯に野鶏《ヤーチー》の雨衣透きとほる

『年々去来の花』

句集『年々去来の花』（一九七四年刊）収録。昭和一七年五月、梵は中日文化協会の招きにより「中支・北支・満州視察記者団」に加わることを、勤務先の中央公論社から命じられる。当初、臼田亞浪句集『旅人』や山口誓子句集『黄旗』の鮮満旅行での収穫を読み「大陸の大きさに負けないで、むしろねぢ伏せようとするやうな腕力の作品群に立ち向かつて、久しぶりに力のかぎり作つてみようといふ気負ひがあつた」と述懐している。

掲句、中国語〈野鶏《ヤーチー》〉の響きが、い段の音の繊細に響く他の措辞に、美しく馴染んでいる。エロスとしみじみとした情趣を、嫌みなく捉えた一句である。「中北支の四〇日」、「四馬路　野鶏は街の女」。

花蓮のただなかの舟に酒を酌む

『年々去来の花』

蓮の花が浮かび咲く池。そこに深く舟を進め入れ、酒を酌み、呑む。月夜に舟を浮かべて酒を呑み、水に映る月を掬おうとして溺死したという逸話をもつ李白のイメージもうち重なろうか。実に優雅な遊びである。

梵自身も非常に酒好きで、酒にまつわるエッセイも数多く残している。梵は厳密さを重視するリアリストでもあったが、同時に、それを悠々と飛び越えられるロマンチストでもあった。異国の光景に俗界を離れ、時代を超えた詩的世界を見てとったとしても不思議ではない。

「中北支の四〇日」、「玄武湖」。

甃《いしだたみ》継ぎ目のかぎり織き草

『年々去来の花』

甃はもともと、人や馬車が通りやすいようにと造られたものである。表面が平たい石を、道や庭などにできるだけ隙間なく、畳のように敷きつめる。とはいえ、そこには継ぎ目があり、どうしても隙間ができる。そこに繊《ほそ》い草がびっしりと生えている。

石を徹底的に敷き詰めんとする人間の行為は、執念を感じさせる。だが、自然である草の強靱さの程度も、拮抗しているかそれ以上である。〈かぎり〉が実感の乗った措辞で、どこまで見てもほとほとそのようであると、溜息が聞こえてきそうである。「中北支の四〇日」、「紫禁城」。

シャボン玉につつまれてわが息の浮く

『年々去来の花』

89

自分の吐く息は通常見えない。吐けばすぐに大気にほどかれて、霧散してしまう。ところが、石鹸玉になるとその息が密封され、見えて把握できる形となる。キラキラと輝いて浮かぶ自分の息。よく考えれば、変で可笑しな事態だ。

「石鹸玉」といえば、七色に光り、儚いことが哀れで美しいと単純に把握されがちである。梵は、石鹸玉のモノとしての別の本質を、分析的に捉えようとする。初めて見るものに心弾ませるような、童心に近い気持ちで、哲人のように分析している作中主体のありようが、実に面白い。

残雪を蹴りたる跡がほの青く

『年々去来の花』

春先の厚く積もった雪は、昼などで気温がやや上がると解けて、冷え込むとまた凍り、粒子が粗くなり、中がザラザラとする。そこを蹴ると中身が露出して、光の加減で青みがかって見える。誰が、なぜ残雪を蹴ったのか。それはわからない。人間かもしれないし、犬や馬などかもしれない。ただ、その跡があり、わずかに青い状態である。

〈蹴り〉というやや暴力的な様相の動詞に対して、青の色調が繊細であり、そのアンバランスが美的であり、空恐ろしくもある。

泊船の油紋とくらげゆれて寄る

『年々去来の花』

船が碇をおろして停まっている。その周りに油の膜が浮き、虹色の模様をなしている。近くに透明なクラゲが浮いていて、揺れるたびにその油紋に寄っていく。厚み、質感の違うものの邂逅であるが、透明がかっていて浮くもの同士という類似点もある。

やがて、クラゲは油にまみれるであろう。そこにクラゲの意志はあるのか。因果はあるのか。光を蔵する色味という点のみで言えば、美しいモノとモノとの出会いであるが、奥底に、暗い、宿世めいた偶然の恐ろしさも感じられる。

泳ぎ着き光りつつ岩をよぢのぼる

『年々去来の花』

人工のプールではなく、自然のなかで泳いだあとは、独特の疲労感が湧き、身体が重く感じる。付着した水の重さも物理的に加わり、二重に重い。岩肌のザラリとした質感が、手や足に直に伝わってくる。岩は熱く、肌に染みるようだ。泳いできた水の味が口中に残る。岩に灼けるの匂いが生々しく漂う。太陽の眩しさは眼を射すようだ。身体がもつ全ての感覚が総動員され、生きている実感をもたらす瞬間である。

太陽を照り返す身体であるが、自らが発光しているような神々しさも〈光りつつ〉の措辞にはある。

流れ来て葉の溜れるに加はる葉

『年々去来の花』

淵や瀞などは水の流れが穏やかで、落葉が溜まりやすい。木から落ちた葉が、きらめき揺れる川を流れてきて、いまその落葉溜りに加わった。葉は一枚の個性ある落葉から、一枚一枚見分けがつかない、その他多数と紛れる没個性の存在に変わる。そして、やがてそのまま朽ちていくであろう。

深読みを誘う句である。人間も一人で走っているときは個性的であるが、大衆に紛れると見分けがつかなくなる。この世はその繰り返しの世でもあろう。しみじみとした諦観を感じさせる。

影が斜めに横に斜めに独楽とまる

『年々去来の花』

回したての独楽は安定していて、影も一方向に落ちる。しかし、やがて独楽がぐらぐらと安定を欠き始めると、斜めに、横に、斜めにと影が回り始める。そして、独楽は己の影の上に倒れ、ほどなくとまる。

まず、影の動きの描写によって、何の影かと読者を引き込み、最終的に独楽の姿を描いてみせる。語順や表現が洗練されていると同時に、観照にとどまる眼差しにより、誰も言い得なかった独楽の本質を、斬新に捉えている。メッセージという夾雑物がない、ただそうあるモノ・コトの空恐ろしさを的確に描ききった、後期の傑作のひとつである。

岩清水うける両手の裏に沁む

『年々去来の花』

岩の間から湧き出ている清水を両手で受ける行為は、ありふれたものであるし、類句も多い。その清らかな冷たさには多くの人が感動する。

梵の人並みはずれたところは〈裏に沁む〉まで執着するところである。作中主体にとって、掌が岩清水に濡れることは想定の範囲内であったろう。が、その裏側の甲まで濡れて冷たさが沁みるのには、意外な驚きがあったのであろう。上五中七までの定番の光景から一転して、瑞々しく新鮮な発見・感覚が提示され、読者はありありとそれを想起することとなる。

海のはて夕焼けてゐる海がある

『年々去来の花』

96

日が海に沈む。空のみならず水平線近くが、太陽により茜色に染まっている。海風に吹かれながら、じっとそれを見つめているのであろう。

〈海のはて〉の措辞は「海界《うなさか》」を思わせる。それは海上遠くにあるとされる、海神の国と地上の人の国との境界のことだ。かの国はいま、夕焼のさなかにあるかもしれない。そうしたロマンも句に沈潜していよう。

〈海がある〉という言葉づかいは、海そのものをそのまま放り出したような、ぶっきらぼうな印象を与える。美しい光景を前にして、なお情感に溺れないドライな表現といえる。

194 — 195

仰臥する左眼に満月右眼にすこし

『年々去来の花』

上りたての低い満月であろう。仰向けに寝たまま、それを見る。両眼で見たときは掲句のように見えないのではなかろうか。つまり、片眼ずつ閉じて、それぞれの見え方を確認しているのだ。

　脳が奥行きを認識できるのは左眼で見たものと右眼で見たものが全く同じではないからだ。そのずれを脳が処理することで、奥行きの感覚が生まれる。一般的な人間は眼が一個一個別の物体であることを忘れてしまいがちだ。だが、それをいちいち確認する奇妙な作中主体を描くのが、世の不思議を執着によって新たに発見する、梵らしいユーモアであろう。

欅から枯れて形のいい葉降る

『年々去来の花』

晩年の梵は口語自由律から多くを学んでいた。それとともに、文語体の俳句に疑念を抱き始めた。「なぜ日常の世間のことばとかけはなれた文語体で俳句をつくつてあやしまないのか（中略）日常普段のことばであらはすのでないと、把握することのできない、言ひあらはすことのできない何物かを逃すことになるのではないか。新しい感覚や角度が見えて来ないのではないか」と指摘している。

掲句、〈形のいい〉という措辞は口語的。だが、事実上の第三句集とも言える「中空」の項では、自らの「文語体の浸潤度」の高さにより、文語性が抜けていないことを梵自身も認めている。

除夜の鐘頭の奥の奥で了る

『年々去来の花』

二つの読み筋がある。

一つ目は、除夜の鐘が轟きわたるように鳴る。撞いた者の頭の奥まで鳴り響く。残響が頭に深く残り、長い時間をかけて消える。そうした、撞いた個人に焦点を当てた読みだ。

二つ目は、多くの人が打ち鳴らしていく除夜の鐘。繰り返し撞かれるために、遠くで聞いている者の頭の中にも、何度も何度も響いてくる。撞く者が絶えて、頭のなかの残響が段々と消え、芯の部分からも消える。そうした、他者との関わりのある読みだ。

どちらにせよ、了《おわ》ったあとのしんとした静けさに、さらに越年の感慨が湧いてくるようである。

春の夜の闇より濃ゆき山に対ふ

『年々去来の花』

春、潤んだ空気が満ち、生命感が躍動する。その夜の闇のなか、それ以上に濃い闇をもつものを発見する。山のシルエットだ。深い闇に対峙し、目を凝らす。漆黒に近い闇は見ている者を吸い込みそうだ。その先に何があるのかはわからない。真の闇をじっと見るのだ。無と向かい合うような時間が刻々と流れていく。

そのときの作中主体の胸中はわからないが、自我や存在を問い直すような、哲学的な思索に、自然と引き込まれることも大いに考えられる。

濃淡の甘やかな闇が、梵を包む。

実存と思想――篠原梵論

篠原梵は明治四三（一九一〇）年四月一五日生まれ。本名敏之。大正六（一九一七）年に愛媛県南宇和郡御荘町平城尋常高等小学校に入学した。大正一二（一九二三）年に愛媛県立松山中学校に入学、山岳部に入る。二年生のときのちに盟友となる八木絵馬と同じ組になった。絵馬も臼田亞浪に師事した俳人の一人である。昭和三（一九二八）年松山高等学校文科乙類に入学、引き続き山岳部に所属。松高俳句会に入り、川本臥風（のちの「いたどり」主宰）・林原耒井《らいせい》（のちの英文学者）の指導を受ける。当時の句に〈山へ山へ下界を逃げる春日和〉〈初夏や海山浜一帯の日の光〉など。臥風の所属する「石楠」に投句するために俳号を考える。「梵」はサンスクリットのブラフマンの音訳で、インドの婆羅門教の最高原理である「唯一我、真我」のこと。また、漱石の「坊っちゃん」を踏まえ、松山で日常使われている「坊《ぼん》」にも通じるから、という二つの由来をもつ。初号は小日向梵。

昭和五（一九三〇）年「石楠」一二月号に〈浜の子の花火宵々さびれけり〉一句が掲載。当初は臥風に知らせず、密かに投稿していた。鈴木栄一郎教授の古典の輪読会に出るようになる。昭和六（一九三一）年四月に東京大学文学部国文学科に入学。臥風の紹介により石楠社の門をくぐる。のちに師・臼田亞浪とその妻・すてから実の子どものように愛されることとなる。句作の上では兄弟子の原田種芽《たねじ》、甲田鐘一路両氏の指導を受け感化される。種芽は厳正写実派で鐘一路は浪漫的情趣派で、「互いの全く異なる作風が、梵の頭のなかで交錯融合し、その天賦を引き出し磨き上げるのに役立った」と八木絵馬は記している。

昭和九（一九三四）年、東京大学文学部国文学科を卒業（卒業論文の題は「俳論史序説——主として五七五詩形の独立に就いて」）。俳諧の歴史を調べ、韻律論を展開、五七五も季題も必然ではないと結論づけた。卒業後の徴兵検査で「丙種合格」

となる。機関誌「星丘」での連載座談会「呉評越評」をきっかけに、中村草田男、加藤楸邨、石田波郷との出会いが訪れる。

昭和一二（一九三七）年、亞浪からの勧めにより私立瀧野川実科女学校で教鞭を執ったが丸一年で辞める。昭和一三（一九三八）年五月、中央公論社の入社試験に合格。社長の嶋中雄作から目をかけられた。山村佐助によると、嶋中は「筋金入りのリベラリストで、彼の在世中の中公は、日本一進歩的良心的な雑誌であつた」そうだ。「丸ビルの住人」となり、昭和一五（一九四〇）年には回顧録の取材で高浜虚子のもとに通った。その一方、昭和一四（一九三九）年に結婚。月刊「俳句研究」昭和一四（一九三九）年八月号「新しい俳句の課題」と題した座談会に中村草田男・加藤楸邨・石田波郷とともに参加。編集部の山本健吉が司会し、以後、「人間探究派」として認識を受けるようになる。昭和一五（一九四〇）年、選集「花序」一六〇句が『現代俳句』（河出書房）第二巻に入集。

昭和一六（一九四一）年、第一句集『皿』（甲鳥書林）を九月一五日付けで上梓（ほぼ逆編年体）。中央公論社の編集者として久保田万太郎と出会い、感銘を受ける。

万太郎に「なぜ、ああ一七音をいたぶるのです。ぎゅう詰めにしなくてもいいぢやありませんか」と小声で梵にだけ聞こえるようにたしなめられたという。

昭和一八（一九四三）年、「中央公論」七月号が内務省の内閲を通らず、発売禁止となる。発行停止が見込まれ、自発的に休刊。八月二八日付で「婦人公論」編集部次長に就任。「共産党再建の謀議をした」嫌疑で出版部員の数名が逮捕・勾留されるなか、「婦人公論」が廃刊された。梵は当初、老子の『道徳経』を建前とし、編集者として右にも左にも偏らない方針であった。だが、「宣戦以後大戦がはじまってからは、愛国あるいは憂国の思いが強かった」という。それでも、「時局の情報を皆よりもすこし余計に知っている立場」として特高にマークされてもいた、と述懐している。

昭和一九（一九四四）年一月、松山の父母のもとへ家族を疎開させ、同四月、中央公論社を「東京へ帰つて来たらいつでも迎へるという寛大な条件」（山村佐助、一九五三）で退社し、同五月松山に帰る。同六月より愛媛青年師範学校に奉職。八木絵馬は当時を「戦後三年間の松山での生活は、梵が最も多産であり、且つその才能が最もよく開花した時期だつた」と記している。松山では、新聞俳壇やラジオ俳壇の選者、講演や句会の指導、俳誌「俳句」（愛媛新聞社）の創刊（六号で終刊）など幅広く活躍した。

昭和二三（一九四八）年、三月に愛媛青年師範学校を退職、同五月に東京に戻り、六月から中央公論社に復帰した。「少年少女」の編集長になり、その後「婦人公論」、「中央公論」の編集長となる。昭和二六（一九五一）年、脳溢血により臼田亞浪が死去。亞浪の死去の二年前より徐々に句作から遠のいていく。理由は切磋琢磨できる仲間の不在、自らの作風に対しての限界感、職務の多忙などであったが、亞浪の死去が決定的となった。昭和二八（一九五三）年、第二句集『雨』（石楠社）を四月一五日付けで上梓。八月一日付けで出版部長に就任。昭和三二（一九五七）年は常務取締役となり、「株式会社中央公論事業出版」の創業からの担当となる。のちに専務取締役となる。

昭和四五（一九七〇）年頃より口語俳句を作るようになる。昭和四八（一九七三）年、社長に就任。丸ノ内出版の社長も兼任。昭和四九（一九七四）年、全句集『年々去来の花』（丸ノ内出版）を一〇月一〇日付けで上梓。昭和五〇（一九七五）年一〇月一七日、父母の見舞いのために帰省した松山で肝硬変のため急逝。享年六五歳。

*

月刊「俳句研究」昭和一四（一九三九）年八月号「新しい俳句の課題」と題した座談会で、司会の山本健吉により中村草田男・加藤楸邨・石田波郷と並ぶ「人間探究派」の一人として括られ、梵の名は俳壇に深く刻まれることとなった。ただし、健吉が「貴方がたの試みは結局人間の探究といふことになりますね」と切り出し、楸邨が「新しいか否かは人の見るところによつてちがひませうが、四人共通の傾向をいへば『俳句に於ける人間の探究』といふことになりませうか」と応えた場面は、座談会の流れで言えば、いささか唐突な印象を受ける。

当時、花鳥諷詠的な伝統的風流を重んじる俳句への批判が生まれ、新しい俳句をめざす動きがあった。それが、新興俳句運動によって大きく揺さぶられたあと、新しい俳句の実践が模索され、いくつかの結社に目立った動きが現われた。「座談会も、それを察知しての企画であった」と小室善弘は述べている。「ホトトギス」の内部にあって季語の象徴性を生かし、西洋近代文学の思想性を日本的な情感に溶かしこむ表現を模索していたのが中村草田男である。「ホトトギス」を批判して「馬酔木」を主宰した水原秋櫻子の門下であるのが波郷と楸邨である。波郷は私小説的とも言われる境涯性の高い作風を、楸邨は人間の生活への興味や自己の内面を掘り下げる作風をそれぞれ模索していた。

梵はどうであったか。

反「ホトトギス」的であった臼田亞浪主宰の「石楠」に所属し、感覚や情感を知的に分析する方法をとる表現で頭角を現わしていた。梵の「人間探究」は他の三人と異質な意味をもつ。草田男、波郷、楸邨は句意の上で難解さが表出することも厭わず、「人間はいかに生きるべきか」といった個人の感情、憂鬱・不安・動揺・苦悩・個人的愛情を重視するロマン主義的な文学的意義深さをめざすような作風を模索していた。これに対し、梵の句は措辞が平明で、かつ、そういった文学的意義深さを解き放つ実存主義的な作風を模索していた。「実存」とは、「個的で具体的なあり方をした有限な人間の主体的存在形態」である。梵は人間の内部や生き方ではなく、モノ・コトを一回性の高い一つの契機として捉え、非‐メッセージ的にその不思議と諧謔を深耕する方に「探究」を向けたのである。

小室善弘は昭和初期に流行していた新しい文学思想のなかの新感覚派、あるいは新即物主義とのかかわりを指摘している。小室によると、新感覚派は、自然主義以来の写実の停滞を打ち破る方法で出てきた一派で、旧来の表現法や発想の枠を破った直感的、印象的な把握を特徴とする。事実としてあるものをいったん解体し、自分の感覚で捉えなおす、というのがこの派の作者たちの表現方法である。〈葉桜の中の無数の空さわぐ　梵〉などもその手法の応用である。新即物主義は存在や事物を感傷をまじえず直接的、客観的に捉える方法を特徴としており、山口誓子の句にもその傾向が見られる。〈浴衣の上に蒼ぐろき顔載せあるく　梵〉などにもその傾向がある、とのことである。梵の独自のアプローチは、物事や現象を鋭敏に感覚で捉えつつ、ピントや構図、意味を新しい角度から異化し、分析的に解釈しなおすことだったと思われる。

梵は俳句では表現しきれないものとして「思想」を挙げている。むき出しに思想的なものを表現するだけでは論文のなかの一行か格言か標語のようになり、詩でなくなると主張しつつ、「人の表現することの出来る最も人間的な感情、これを結論と名づけるなら、人間性を浮彫りにする詩の機能は、結論だけを述べる仕方によればよいのである。（中略）思想の切れつぱしを表現するのではなく、思想全体を端的に言ひあらはして、それでゐて全体を想はせるといつた象徴的方法をとらざるを得なくなる。ひろがりをせばめるとその力が集中的に働くので鋭くなり、趣も深くなるのである。俳句はその詩としての長さが短いためにこのような全的な端的な象徴的な表現をとらざるを得ない」と持論を述べている。

草田男や波郷、楸邨はどうだったか。

万緑の中や吾子の歯生え初むる　中村草田男
胸の手や暁方は夏過ぎにけり　石田波郷
蟇誰かものいへ声かぎり　加藤楸邨

生命への賞賛と畏怖が鮮やかに表現されている草田男句、個人の情感を深く洞察して瑞々しく描く波郷句、内奥の鬱憤や怒りがにじみ出てくる楸邨句。彼らがめざしたロマン主義的な文学的意義深さは、梵の示した「思想」の深さと重なることがわかる。

葉のみどりかたちうしなひ窓を過ぐ　『皿』

〈かたちうしなひ〉は簡潔な解釈である。梵の場合は、言葉の内在的な豊かさを用いて思想を表現することよりも、物事や情感を簡潔な象徴や解釈で伝えることに重きを置いていた。「人間探究派」は「難解派」とも言われた。梵の「難解さ」は、「なぜそれを描くのか」という意味や意義や目的から解放された「結論」だけが投げ出されているところにある。「思想」はそこから読者自身が自分で見つけにいくほかない。「結論」の世界に自ら巻き込まれにいくことによって、読者は直叙的な「思想」よりも全体的な「思想」を味わえる。「読む」という行為の主体性を信じているからこそ採れる手法である。

＊

さて、「人間探究派」という内容的な側面からいったん離れ、形式的な側面における梵の特徴を見ていきたい。「石楠」で「広義の一七音」「季題がなくとも季感があればよい」などと提唱されるなか、梵も発生論的に考えた上でそれを実践した。即ち、俳句には初めから五七五というはっきりとした形があったわけではない。五七五か、それに近い音数の詩形が順次でき、それが次第に純化し、やがて独立したのである。その長さの詩形に、やがて与えられた名が俳句であって、俳句の本質はその詩形だけにしかない。季語が俳句の本質だなどというのはとんでもない、というわけだ。

まず、韻律の特徴をみよう。

八木絵馬は当時の「石楠」において「定型を崩した表現がしばしば見られたのであつたが、それらのなかにはリズム構成に対する鈍感さを暴露し、ぎくしやくしたりだらけたりしてい《ママ》るものも多かつた。梵は繊細鋭敏な語感と豊かな言語知識に加う《ママ》るに、対象の確かな把握ときびしく緊密な表現によつて、おのず《ママ》から美しく且つ迫力あるリズムを生み出すことに成功した」と評価している。梵のリズムは下五の字余りに特徴がある。下五を惜しげもなく使って対象を繊細に、執拗に、具体的に描くことで、対象だけではなく観照している話者の姿勢をも読者に感じさせる。

腕の腹汗ばみゐるにこだはり書く　『皿』
灯ともせば闇はただよふ寒さとなれり　〃
肩の汐ぬくくつたはり中指より落つ　〃

梵は俳句技法における「取り合わせ」に懐疑的であった。「俳人としては洗練せられた（ママ）手法として自信があり、誇としたいところであろうけれども、ひろく国語上からみるとそれはグループ内で隠語的発達をさせたものであると見るほかない」と手厳しい。そのため、いわゆる「一物仕立て」で一気呵成に書き上げる。この点が字余りと相俟って「散文的」と評価が分かれる点でもある。後年の作品はこれに加え、口語俳句への挑戦があり、口語自由律に傾いた。

落葉焚きけむりが横になり夕づく　「『年々去来の花』以後」『葉桜』

ほつておけなくて幾度となく月に目をやり寝酒のむ　〃

蚊が耳にきてまたきて覚めてしまふ　〃

これらの句は自由闊達の境地というよりも、「平常のことばで作らないといけない」（篠原梵、一九七四）という信念が凝り固まり、もともとあった柔軟性を失わせ、表現をこわばらせているように思われる。

霧の中かなりの雨の音がする　「『年々去来の花』以後」『葉桜』

むしろ、掲句のような口語的でありつつ定型的である句にこそ、晩年の境地が感じられよう。形はシンプルでありながら深い詩情が漂っている。

＊

篠原梵は、俳句という短い形式の中で多くの可能性を探究した稀有な作家であった。俳句という短詩において多くの新しい地平を切り開いたにも拘わらず、その作品の多くが埋もれたままになっている。しかし、その作品たちは今日まで色褪せていない。梵の俳句には書き方の斬新さに加え、現代的なテーマも多く含まれる。今後、より多くの俳人や文学愛好者にその作品が愛されるように祈ってやまない。

影が斜めに横に斜めに独楽とまる　　梵

引用文献

篠原梵「発生論的連作俳句論」「石楠」三月号、一九三五
「新しい俳句の課題」「俳句研究」八月号、一九三九
篠原梵句集『皿』甲鳥書林、一九四一
篠原梵「『生活と俳句』といふこと(六)」「俳句の門」三(七)、一九四九
篠原梵句集『雨』石楠社、一九五三
山村佐助「篠原梵氏　俳壇紙芝居」「俳句」二(一〇)、一九五三
篠原梵句集『年々去来の花』『句集年々去来の花別冊径路』二巻組、丸ノ内出版、一九七四
八木絵馬「篠原梵の足跡」「俳句」二四(一二)、一九七五
篠原雪枝編『葉桜』中央公論事業出版、一九七六
廣松渉、子安宣邦他編『岩波哲学・思想事典』岩波書店、一九九八
小室善弘「特集・俳句を彩った忘れ得ぬ俳人たち　篠原梵(一九一〇〜七五)」「俳壇」一七(九)(二〇〇〇)、二〇〇〇
小田部胤久『美学』東京大学出版会、二〇二〇

初句索引

あ　行

か　行

さ　行

季語索引

著者略歴

岡田一実（おかだ・かずみ）

1976年、富山県富山市生まれ。2010年、第3回芝不器男俳句新人賞にて城戸朱理奨励賞受賞。2014年、「浮力」により第32回現代俳句新人賞受賞。2015年、「らん」同人。2019年、句集『記憶における沼とその他の在処』で第11回小野市詩歌文学賞受賞。2022年、評論「『杉田久女句集』を読む──ガイノクリティックスの視点から」で第42回現代俳句評論賞受賞。2023年、「らん」終刊。「鏡」同人。
愛媛県松山市在住。現代俳句協会会員。

句集
『境界－border－』（マルコボ.コム、2014）
『新装丁版　小鳥』（マルコボ.コム、2015）
『記憶における沼とその他の在処』（青磁社、2018）
『光聴』（素粒社、2021）
共著
『関西俳句なう』（本阿弥書店、2015年）
佐藤文香編著『天の川銀河発電所　Born after 1968現代俳句ガイドブック』（左右社、2017）

発　行　二〇二四年四月三日　初版発行
著　者　岡田一実 ©Kazumi Okada
発行人　山岡喜美子
発行所　ふらんす堂
〒182-0002　東京都調布市仙川町一―一五―三八―2F
TEL（〇三）三三二六―九〇六一　FAX（〇三）三三二六―六九一九
URL https://furansudo.com/　E-mail info@furansudo.com

篠原梵の百句

振　替　〇〇一七〇―一―一八四一七三
装　丁　和　兎
印刷所　創栄図書印刷株式会社
製本所　創栄図書印刷株式会社
定　価＝本体一五〇〇円＋税
ISBN978-4-7814-1652-6 C0095 ¥1500E